Christamaria Fiedler

Ferien
criminale

Thienemann

Alle Mädchen der 7b hatten schon ihren Koffer gepackt! Sassi und Bini wollten an der Ostsee zelten, Henriette fuhr in die Provence, Rose zog es zu den Großeltern in den Bayerischen Wald, Lisa freute sich auf die Pfannkuchen in Amsterdam, Lola flog nach London, Sophies Eltern hatten Urlaub auf einem sauerländischen Reiterhof gebucht und Jennifer Niemann würde irgendwo in der staubigen Puszta verschwinden. Und Isy und Amanda? Deren Koffer waren noch leer und würden es wohl auch bleiben.

Natürlich vermutete die 7b, dass die Katastrophenweiber wieder einen neuen Fall hätten, denn in Katastrophen zu schlittern oder bei der Lösung rätselhafter Kriminalfälle zu helfen war bekanntlich Isolde Schützes und Amanda Bornsteins Hobby. Doch sie irrten. Schuld war dieses Mal die Liebe! Sie hatte Amanda überfallartig wie eine Grippe erwischt.

Es war beim Servieren des Limonensorbets geschehen, in Signore Georgios Trattoria, Amandas Lieblingsrestaurant. Mit angehaltenem Atem war Isy Zeugin geworden, wie unter dem brennenden Blick des schwarzlockigen Massimo, dem Neffen des Padrone, erst das Eis und dann … Amanda schmolz. Und nun hatte Isy ein Problem! Denn in Alt Reddevitz auf dem Darß warteten schon zwei frisch bezogene Betten auf Amanda und sie, aber nicht einmal hundert Elefanten würden die verknallte Freundin aus Berlin fortbewegen können, solange der venezianische Neffe in der Trattoria kellnerte und sein sanftes »Come stai? Wie geht's?« in Amandas blonde Haare murmelte. Dabei war doch noch gar nichts passiert.

Außer dass Amanda bei Massimos Anblick die Farbe roter Grütze ins Gesicht schoss, die Ärmste zu stottern begann, keinen Bissen hinunterbekam und ihn voll peinlich anbetete, war überhaupt nichts geschehen. Kein Kuss, kein Date, ja nicht einmal ein Gespräch war zwischen ihnen zustande gekommen. Und dafür wollte die Freundin die ganzen Ferien in der knallheißen Stadt kleben bleiben?

Wenn das Liebe ist, dann tu ich mir das nie an, schwor sich Isy auf dem häuslichen Balkon und starrte bedrückt in den Himmel über Berlin. Ein silbern schimmernder Flieger brummte Richtung Süden davon. Die Glücklichen!

Gestern Mittag hatte ihr Klassenlehrer Dr. Trisch ihnen schöne Ferien gewünscht. Danach war die 7b in alle Himmelsrichtungen auseinandergestiebt. Vielleicht waren die Ersten heute Morgen schon in ihrem Urlaubsdomizil aufgewacht? Sie hatte aber auch ein Pech mit Amanda!

Natürlich hatte sie auch Glück mit Amanda. Amanda war die beste Freundin, die man sich denken konnte, und sie durfte sie doch jetzt nicht im Stich lassen, wo sie eine völlig kopflose, verliebte Person war!

Das Telefon klingelte und Isy hüpfte hoffnungsvoll aus dem Liegestuhl. Hatte es sich Amanda vielleicht anders überlegt?

Doch es war nur Tante Hanna. »Warum kommt ihr nicht?«, fragte sie besorgt. »Wenn ihr das Zim-

mer nicht wollt, könnte ich es ver-
mieten. Die Urlauber stehen hier
Schlange.«

»Tut mir leid, aber Amanda ist …
krank geworden.«

»Oje, schlimm? Was für eine
Krankheit hat sie denn?«

»Die, äh … italienische Krankheit«, stotterte Isy.

»Aha!«, entfuhr es der gelernten
Krankenschwester auf der schönen
Halbinsel verwundert. »Hat diese
Krankheit auch einen lateinischen
Namen?«

Isy grinste. »Ja. Massimo!«

»Meine Tante hat angerufen.
Sie wollte wissen, warum wir nicht
kommen«, berichtete Isy der Freundin am Nachmittag auf der Terras-

se des *Georgio* und leckte ihren Eis-
löffel ab.

Es war windig geworden und der
Padrone und seine Gattin Violetta
warfen besorgte Blicke zum Himmel, während sie die Gäste unter
den flatternden Sonnenschirmen
bedienten.

»Was hast du ihr gesagt?«, fragte
Amanda, während ihre Augen wie
blaue Scheinwerfer gnadenlos die
Terrasse nach Massimo absuchten.
Hatte er etwa seinen freien Tag?

»Dass du krank bist.«

»Wie bitte?« Amandas Stimme
klang empört.

»Hätte ich vielleicht sagen sollen,
dass du verknallt bist?«

»Ich bin nicht verknallt!«, widersprach Amanda. »Ich liebe. Das ist etwas anderes. Liebe verändert alles!«

»Ja, vor allen Dingen dich! Ehrlich gesagt, Amanda, du bist nicht wiederzuerkennen. Von was für einer Liebe sprichst du überhaupt? Du kennst ihn doch gar nicht! Vielleicht ist er nicht so toll, wie du denkst? Vielleicht ist er ja ein Macho? Oder er hat Mundgeruch?«

»Hat er nicht!«, zischte Amanda. »Wenn du es genau wissen willst: Er hat mich gestern Abend geküsst!«

»Wo?« Verblüfft schob Isy den leeren Eisbecher beiseite. Allmählich beschlich sie der Verdacht, in einem Liebesfilm die weibliche Nebenrolle zu spielen. Von ihr aus!

Schließlich gab es auch Oscars für Nebenrollen, oder?

»Hier.«

»Richtig? Mit Zunge?«

»Wir, äh, wurden gestört. Ich war mit Mom und Dad essen. Da tauchte Massimo plötzlich an der Garderobe auf und nahm mich in die Arme. Aber dann hat ihn auch schon Georgio gerufen. Der schien total aufgeregt.«

Als hätte er es gehört, kam der Padrone an ihren Tisch geeilt. »Es wird Gewitter geben, ragazze! Wollt ihr nicht lieber ins Restaurant gehen?«

Isy sah fragend zu Amanda.

»Wo ist denn Massimo?«, platzte die heraus.

»Venedig! Probleme in Familie! Alles ging ratzfatz!« Signore Georgio seufzte. »Und was machen Massimo, dieser Schussel? Vergessen wichtige Koffer!«

»Er ist weg?«, stammelte Amanda fassungslos. »Einfach weg?«

Das Gewitter entlud sich am Abend mit prasselnden Schauern über der Stadt. Die Temperatur sank und der Wind heulte um die Dächer.

Amanda heulte um Massimo.

Mitleidig lief Isy durch die Wohnung und sammelte Tempotaschentücher für die Freundin ein. Sie fand sie im Badezimmer, in der Vorratskammer neben dem Haushaltspapier und in den Taschen der

in Plastikhüllen verstauten Winter-
mäntel der Familie. Trotzdem reich-
ten sie nicht.

Alle Tränen nützten nichts.
Massimo war ins Reich der Römer
heimgekehrt.

Endlich, bevor Amanda noch
drei Drogerien leer geheult hätte,
beruhigte sie sich ein wenig. Isy
war überzeugt, dass Amanda ganz
über den Liebeskummer wegkom-
men würde. Bloß schade, dass Tante
Hannas Zimmer unter dem kusche-
ligen Reetdach inzwischen an ein
Pärchen aus Pirna vermietet war.

»Kommt Ende des Monats«, hatte
Tante Hanna vorgeschlagen, »dann
sind die Gäste fort. Wie geht's denn
Amanda überhaupt?«

»Ist wieder gesund.«

»Gesund, aber nicht wirklich geheilt, was?« Tante Hanna lachte.

Sie hatte den Nagel auf den Kopf getroffen. Amanda führte sich auf wie eine italienische Witwe, auch wenn sie weder Massimos Handynummer besaß noch seinen Nachnamen kannte. Von Sonnenaufgang bis Sonnenuntergang hörte Isy nun, dass es keinen schöneren, charmanteren, klügeren und witzigeren Typen als diesen pickligen, fetthaarigen, langweiligen, in ihren Augen ganz und gar durchschnittlichen Massimo gab.

Am Morgen des dritten Tages packte Isy ihre Tasche und fuhr in den Garten ihrer Oma. Dort legte

14

sie sich unter einen sanft reifenden Frühapfel und schlug ihren Krimi auf. Endlich ein Leben ohne Massimo!

Entspannt genoss sie jede Minute des herrlichen Sommertags, bis irgendwann in den Nachmittagsstunden Amandas empörtes Gesicht durch die Stachelbeerbüsche spähte. »Wieso hast du nicht gesagt, dass du zu deiner Oma fährst?«

»Warum sollte ich dir das denn sagen?«

»Weil wir die Ferien gemeinsam verbringen wollten!«

»Stimmt, nur du und ich! Ohne Massimos nervenden Geist!«

»Bist du sicher, dass du nicht neidisch bist?«

»Absolut sicher!«

Amanda hüstelte etwas zweifelnd. Dann wandte sie sich zum Gehen.

»He, die Gartentür ist auf. Willst du nicht reinkommen? »

»Ein andermal. Heute kriegen wir Besuch. Man sieht sich!« Knirschend entfernten sich Amandas Sandalen auf dem Sand.

Erneut schlug Isy ihren Krimi auf. Sie liebte Krimis! Noch toller aber als ein Krimi auf dem Papier oder im Fernsehen war natürlich ein echter Fall. Amanda und sie waren schon des Öfteren in einen verwickelt worden. Zum Beispiel damals in Altgrünheide. Da war vielleicht die Post abgegangen, als sie der Kripo geholfen hatten, einen

Postraub aufzuklären! Auch in Fällen von Tierschmuggel, Kunstraub und Kidnapping hatten sie der Kripo geholfen und immer war Amanda angstschlotternd an ihrer Seite gewesen. Nicht weil sie Krimis mochte, sondern weil sie ihre Freundin war.

Isy seufzte. Sie ahnte, dass Amanda jetzt beleidigt war. So mimosenhaft, wie die sich in letzter Zeit benahm!

Den Rest des Nachmittags räkelte Isy sich unter dem angenehm nach Badeschaum duftenden Frühapfel. Dann fuhr sie zurück in die Stadt und hoffte auf einen Anruf von Amanda.

Aber Amanda schmollte.

Amanda schmollte auch am nächsten Tag und am übernächsten.

Sie spielt die Prinzessin auf der Erbse, dachte Isy grimmig. Soll sie nur! Mir fehlt sie jedenfalls nicht!

Das stimmte jedoch gar nicht. Amanda fehlte ihr. Amanda, die kopfüber in die Liebe hineingestolpert war, Amanda, die plötzlich unlogisch, überempfindlich und weinerlich geworden war, Amanda, die out of Amanda war, fehlte ihr sogar schrecklich! Es war zwar kaum auszuhalten mit einer ständig um ihren Massimo jammernden Amanda, aber noch weniger auszuhalten war es ohne sie.

Am Morgen des vierten Tages

wählte Isy Amandas Nummer und ließ es bimmeln, bis ein verschlafenes »Ja?« ertönte.

»Ich bin's!«, sagte Isy.

Die Prinzessin auf der Erbse sagte nichts. Sie legte auf.

»Ich wollte mich entschuldigen, du blöde Kuh!«, schrie Isy. Dann warf auch sie den Hörer auf die Gabel.

Ein Gemisch aus Rachsucht, Enttäuschung und Mitleid brodelte in Isy. Die Liebe hatte aus Amanda ein rohes Ei gemacht! Die beiden hatten sich zwar schon öfter gestritten, aber dieses Mal schien es Amanda richtig ernst zu sein. Isy wollte sich gar nicht ausmalen, wie ätzend langweilig die nächsten Wochen ohne Amanda sein würden! Wenn sie also nicht die blödesten Ferien ihres Lebens verbringen wollte, musste sie sich etwas einfallen lassen, um die Freundin zu versöhnen.

Aber was?

Es war schon später Nachmittag, als Isy an Amandas Tür trommelte.

Zu ihrer Überraschung öffnete Amanda sofort. »Was gibt's?«

»Hast du am Wochenende schon was vor?«

»Wieso?«

Statt einer Antwort hielt ihr Isy einen mittelgroßen blauen Koffer hin.

»Brauch ich einen Koffer?«

»Du nicht. Aber Massimo vielleicht. Es ist sein Koffer.«

Amanda riss die blauen Augen auf. »Echt?«

Isy grinste. Es war der coolste Einfall, den sie je gehabt hatte. »Ich hab Signore Georgio versprochen, dass wir ihn nach Venedig zu Massimo bringen. Er hat mir die Handynummer gegeben und will uns sogar die Busfahrt spendieren!«

Mit einem Schrei des Entzückens fiel ihr die Freundin um den Hals. Dann stürmten sie Hand in Hand in das kleine Reisebüro, vor dessen Schaufensterscheibe sie sich jeden Morgen auf dem Weg zur Schule trafen.

»Wir brauchen einen Bus nach Venedig!«

»Wir auch!« Die Reisebürokauffrau lächelte bedauernd. »Alles ausgebucht bis September.«

»Nicht mal zwei winzige Plätze?«, bettelte Amanda vergeblich.

Mit hängenden Köpfen schlichen sie auf die Straße zurück.

»Venedig ist mir ja egal, ich will Massimo sehen!«, jammerte Amanda.

»Massimo ist mir ja egal, ich will Venedig sehen!«, klagte Isy.

Es war zum Verzweifeln! So eine Chance würde nie wieder kommen! Jetzt, wo Signore Georgio sogar bereit war, die Kosten zu übernehmen.

»Und wenn wir fliegen?«

»Das will der Padrone nicht. Ist zu teuer. Die Billigflüge sind schon weg.«

»Und mit der Bahn?«

»Uh, noch teurer.«

»Aber ich muss zu Massimo! Ich fühle es! Der Koffer ist ein Wink des Schicksals!«, schrie Amanda.

»Sag lieber, was wir jetzt mit ihm machen«, seufzte Isy und starrte auf den blauen Wink des Schicksals. Sollte sie das schwere Gepäckstück etwa zurück in die Trattoria schleppen? Bei der Hitze?

In diesem Moment hielt ein goldfarbener Audi vor dem kleinen Reisebüro. Sie kannten das Auto. Sie kannten auch die Fahrerin, die das Fahrzeug gerade mit hochgestecktem grauen Haar und in einem schicken Hosenanzug verließ. Es war Amandas Nachbarin. Sie hatten Agnes Wildfänger letztes Jahr an Weihnachten einen Gefallen getan. Genauer gesagt, sie hatten ihr das Leben gerettet.

Auch die Kriminalrätin a. D. entdeckte die beiden jetzt und kam näher.

»Wollen Sie etwa verreisen?«, fragte Amanda.

Agnes Wildfänger lachte. »Das ist ein zu großes Wort für einen kleinen Wochenendtrip nach Wien, Prag oder Rom. Ich bin mir noch nicht ganz schlüssig …«

»Was halten Sie denn von Venedig?«, riefen Isy und Amanda wie aus einem Munde.

Tiefe Stille herrschte im Innenraum des goldfarbenen Audi. Noch immer fassungslos kuschelte sich Isy in die Polster. Am liebsten hätte sie sich dauernd in den Arm gezwickt. Sie und die leise schnarchende Amanda waren tatsächlich auf dem Weg nach Venedig!

Die Kriminalrätin a. D. hatte ihr Versprechen gehalten, sich irgendwann einmal bei ihnen für die Rettung in letzter Minute zu revanchieren. Dabei war es für Isy und Amanda eine Selbstverständlichkeit gewesen, für die ohnmächtige, fiebernde Frau im Lift sofort medizinische Hilfe zu rufen. Nun brauste die längst Genesene unternehmungslustig mit ihnen über die Autobahn und hatte sogar Freude daran, das Wochenende mit ihnen zu verbringen.

Es sah so aus, als hätte ihr alter Bekannter, der Hauptkommissar Leo Buschklopfer, obwohl er bereits pensioniert war, zu wenig Zeit für die Kriminalrätin. Amanda behauptete, er habe der Nachbarin an Silvester einen Heiratsantrag gemacht. Das jedenfalls hatte die Putzfrau im Haus herumerzählt.

Isy wandte sich um und schaute hinten aus dem Fenster. Ein grauer Clio klebte regelrecht an ihrem Heck. Hatte der Fahrer mit dem

Hütchen im Karomuster wirklich den Ehrgeiz, die Kriminalrätin zu überholen? Das konnte er vergessen. Die Frau fuhr wie der Teufel!

Isy streckte sich behaglich. Gut so! Umso schneller würden sie mit dem Koffer in Venedig sein.

Überhaupt der Koffer! Sogar die Kriminalrätin hatte gestaunt, als sie ihn in den Kofferraum gewuchtet hatte. »Uff! Was ist denn da drin?«

»Massimos dreckige Socken!«, hatte Amanda erklärt.

Isy aber hatte geschwiegen. Bei dem Gewicht mussten schon sämtliche dreckige Socken Venedigs in dem blauen Koffer stecken! Dann allerdings hätte Signore Georgio ihr bestimmt nicht das Versprechen abgenommen, dass sie den Koffer wie ihren Augapfel hüten solle. Besonders vor Signora Farelli, Massimos Mutter.

Wenn das nicht merkwürdig war! Aber vielleicht steckte ja eine Überraschung für die Signora drin?

Eigentlich sollte es mir egal sein, dachte Isy. Immerhin hatte dieser Koffer ihre beste Freundin wieder mit ihr versöhnt. Dafür durfte er ruhig aus allen Nähten platzen!

Aus purer Neugier drehte Isy sich noch einmal um und spähte zurück. Tatsache! Der Clio klebte noch immer an ihren Hinterreifen wie der böhmische Nebel. »Geben

Sie doch mal richtig Gas!«, forderte Isy Agnes Wildfänger auf.

Die lachte leise. »Später!« Dann bog sie auf den Parkplatz einer idyllisch gelegenen Raststätte ein und rief: »Frühstück!«

Sie wählten Rührei mit Schinken, Orangensaft und Obst von dem leckeren Büfett.

Die verschlafene Amanda goss allen Kaffee ein. »Ich hab von Massimo geträumt«, seufzte sie. »Er stand schon auf der Piazza San Marco und …«

»Aha!«, platzte die Kriminalrätin dazwischen. »Es geht gar nicht um diesen Koffer, oder? Es geht um die Liebe! Um einen Massimo in Venedig? Dachte ich mir's doch!«

Dabei lächelte sie zufrieden, als wollte sie sagen: *Ha, Fall gelöst!*

»Sowohl als auch!«, gab Isy diplomatisch zu, während Amandas Kopf Werbung für eine neue Tomatensorte machen zu wollen schien.

Dann ließen sie es sich schmecken.

Die Kriminalrätin hat uns also durchschaut, dachte Isy und holte sich noch ein dickes Stück Käsetorte. Was für ein Glück, dass sich wenigstens ihre und Amandas Eltern hatten hinters Licht führen lassen! Die hatten Agnes Wildfänger sofort geglaubt, dass sie sich mit dieser Venedig-Reise bei ihren beiden Schutzengeln vom letzten

Dezember bedanken wollte. Ja, sie wussten ihre Töchter bei dieser Frau bestens aufgehoben! Gab es etwas Harmloseres, als in Begleitung einer pensionierten Polizistin einen Koffer in Venedig abzugeben?

»Bist du denn sicher, dass er genauso verliebt in dich ist?«, erkundigte die sich gerade bei Amanda. »Vielleicht hatte ein Mädchen auf ihn in Venedig gewartet?«

»Das wüsste ich aber!«, behauptete Amanda selbstbewusst.

Na, hoffentlich!, dachte Isy. Wie immer beobachtete sie aus den Augenwinkeln die Leute in ihrer Umgebung. Sie genoss die kribbelnde Atmosphäre der Raststätte, das Ankommen und Aufbrechen der Reisenden, was in immer neuen, unruhigen Wellen geschah.

Als sie die Raststätte verließen, nahm sie eine vergessene Zeitung vom Nachbartisch mit und kaum fuhren sie weiter, las sie der Freundin auch schon den neuesten Klatsch über das englische Königshaus vor. Amanda war Royalistin. So gut wie sie sich mittlerweile im Buckingham-Palast auskannte, konnte man sie beinahe schon als ein unbekanntes Mitglied der königlichen Familie betrachten, wie Isy gern spottete.

Dann widmete Isy sich dem Sportteil. Nur ab und zu warf sie einen prüfenden Blick über die

Schulter, aber der Typ mit dem Clio schien sich in Luft aufgelöst zu haben. Als er wieder an ihrem Heck auftauchte, war ihr Blick gerade an einer Überschrift hängen geblieben:

Tipps für Urlauber: Vorsicht vor fremden Koffern!

Wenn das nicht interessant war!

Mit angehaltenem Atem las Isy den Artikel über die Tricks der Rauschgiftschmuggler. Einige von ihnen bewiesen eine beträchtliche kriminelle Fantasie, andere versuchten den »Stoff« ganz cool in normalen Gepäckstücken in ihr Bestimmungsland zu schleusen, wobei sie ahnungslose Bekannte um die Mitnahme präparierter Kof-

fer oder Taschen in deren Pkws
baten. Gewieft beauftragten sie
sodann einen Mittelsmann, dem
Fahrzeug bis ans Ziel zu folgen, um
die versteckte Ware unter Kontrolle zu behalten. Ganz schön schlau!

Isy stopfte die Zeitung in die
Ablage und schaute sich um. Verdammt! Da war dieser Clio ja schon
wieder!

Eine Weile versuchte Isy das
fremde kleine Auto zu vergessen,
während Amanda eine SMS nach
der anderen an Massimo sandte
und die Kriminalrätin sie durch
eine Bilderbuchlandschaft fuhr.
Dann hielt Isy es nicht mehr aus.
»Können Sie nicht ein wenig
schneller fahren?«

»Zur Reisezeit muss man Geduld haben.«

»Es ist nur … Ich glaube, eine französische Schleuder verfolgt uns!« Jetzt war es heraus!

»Das gibt es nicht!«, kreischte Amanda begeistert. »Wo werden wir eigentlich nicht verfolgt? Isolde Schütze – immer auf heißer Spur! Haben wir wieder einen neuen Fall?«

Die Kriminalrätin sah in den Rückspiegel. »Ich glaube, der Typ leidet nur an einem Clio-Komplex!«

»Aber er war schon hinter uns, bevor wir gefrühstückt haben!«

»Bist du sicher, dass es immer noch derselbe ist? Graue Clios gibt es doch wie Sand am Meer …«

»Es ist derselbe! Ich erkenne das an dem Mann mit dieser komischen karierten Mütze, der am Steuer sitzt.« Isy biss sich auf die Lippen, zog die zerknüllte Zeitung aus der Ablage und strich sie glatt. Noch einmal überflog sie den Artikel. Dann war für sie klar: Hier stimmte etwas nicht! Ein graues Auto verfolgte sie! Genau wie es hier beschrieben stand. Das waren Mafia-Methoden!

Vielleicht handelte es sich ja um eine Verwechslung? Vielleicht! Trotzdem, sie hatten einen fremden Koffer an Bord, über dessen Inhalt sie nichts wussten. Und den sie, Isolde Schütze, hüten sollte wie ihren Augapfel! Darauf hatte sie Signore Georgio ihr Wort gegeben.

Signore Georgio …

Ein Schauer rann ihr den Rücken hinab. Gleichzeitig begann ihre Kopfhaut zu kribbeln und ihr Herz aufgeregt zu klopfen. So war das immer, wenn sie einen Verdacht hatte. Egal was Amanda und die Kriminalrätin dazu meinten, noch heute Abend musste sie in Erfahrung bringen, was sich in Massimos Koffer befand. Und wenn der Mond platzte!

Die Kriminalrätin wählte ein kleines Hotel hinter der deutschen Grenze, gleich an der Autobahn. Es hatte gemütliche Zimmer mit Bergblick, bunt bemalte Bauernschränke und eine Käsesuppe, die total lecker war.

Nach dem Abendessen schlenderten sie durch den kleinen Ort, auf dessen Holzbalkonen Geranien blühten und in dessen Gassen noch die trockene Hitze des Sommertages hing. Bevor sie nach dem Spaziergang ins Hotel zurückgingen, machte Isy einen Abstecher auf den hauseigenen Parkplatz. In der vorletzten Reihe entdeckte sie endlich, was sie gesucht hatte: einen staubbedeckten grauen Clio mit Berliner Nummer.

Sieh an, die Welt ist klein!, dachte sie grimmig. Auch noch ein Berliner, der Schuft!

Zwei Stunden vor Mitternacht gingen sie zu Bett.

»Mein Gott, morgen um diese Zeit bin ich bei Massimo! Kein Auge werde ich zukriegen!«, behauptete Amanda nervös.

Drei Atemzüge später hörte Isy sie schon schnarchen. Leise sprang sie aus dem Bett und tappte im Schein einer Laterne zu dem blauen Koffer. Doch der ließ sich nicht öffnen, sosehr sie sich auch mühte. Verflixt, sie brauchte den Schlüssel!

Den Schlüssel?

Hatte ihr der Signore denn keinen gegeben? Fieberhaft begann Isy im matten Licht der Außenbeleuchtung die Rückseite des Gepäckstücks abzutasten. War hier vielleicht irgendwo ein Schlüssel angeklebt? Vergeblich!

Schließlich stand sie auf und schlüpfte in T-Shirt und Jeans. Dann schnappte sie sich den Koffer und schlich mit ihm aus dem Zimmer zur Rezeption. Aus der Küche roch es verlockend nach Schnitzel und Gurkensalat.

Wenn sich der Portier wunderte, als Isy plötzlich mit ihrem Gepäck am Empfang auftauchte, so zeigte er es nicht. »Ist etwas nicht in Ordnung?«, fragte er freundlich.

»Ja, äh, in dem Koffer hier steckt mein Nachthemd, aber ich finde den Schlüssel nicht. Können Sie vielleicht helfen?«

Der Mann musterte den Koffer und besah sich das Schloss. »Kein Problem«, machte er ihr Hoffnung. »Es passiert öfter, dass ein Gast ohne Schlüssel anreist. Darauf sind wir eingerichtet.« Er zog einen Karton mit Schlüsseln unter dem Tresen hervor und wählte einige aus, die er sogleich ausprobierte. Bereits beim vierten Versuch war es geschafft und das Schloss schnappte auf.

»Super!«, bedankte sich Isy strahlend. Dann stieg sie mit Massimos Koffer langsam wieder in den zweiten Stock. In einer Nische stellte sie ihn ab.

Im Zimmer der Kriminalrätin verlas eine Männerstimme die Nachrichten des Tages. Unter ihrer Tür schimmerte noch Licht.

Der spannende Moment war gekommen! So geräuschlos wie möglich ließ sie die Schlösser aufschnappen und hob den Deckel an.

Der Schreck fuhr ihr bis in die Haarspitzen. Du lieber Himmel, in was waren Amanda und sie denn da geraten?

Amanda träumte.

Amanda träumte von der Piazza San Marco und von Massimo. Es war zurzeit ihr Lieblingstraum. Auch der geträumte Markusplatz wimmelte vor Tauben, die gurrend und flügelschlagend in Schwärmen über Venedigs berühmtesten Platz zogen. »Amanda, Amanda!«, rief

Massimo irgendwo zwischen den flatternden Vögeln, doch sie konnte ihn nirgends entdecken.

»Amanda, Amanda!«, rief Isy. »Wach auf!« Sie rüttelte die Freundin, aber nur mühsam fand die in die Wirklichkeit des österreichischen Hotelzimmers zurück. »Los, zieh dich an!«, befahl Isy.

»Wie? Was?«, nuschelte Amanda schlaftrunken.

»Wir müssen hier weg!«

»Mitten in der Nacht? Wieso denn?«

»Frag lieber nicht!«

»Und die Kriminalrätin?«

»Es … ist besser für sie, wenn wir verschwinden!«

»Besser für sie?« Ungläubig stieg

43

Amanda in ihre Jeans und tau-
melte ins Bad, um ihre Kosmetik-
sachen zu holen. »Ich träume bestimmt!«, murmelte sie verwirrt.
»Es gibt Träume, in denen man
denkt, man ist wach, aber in Wirklichkeit ist alles nur ein blöder, blöder Traum! Oder?«

Die Treppe knarrte, als sie auf
Zehenspitzen das Hotel verließen.
Am Empfang brannte ein einsames
Licht. Der Platz des Nachtportiers
war leer. Es roch noch immer nach
Schnitzel und Gurkensalat.

Die frische Nachtluft machte
Amanda schlagartig munter. Sie begriff, dass sie nicht träumte, sondern tatsächlich dabei war, mit
Isy das Alpenhotel zu verlassen. Er-

schrocken ließ sie ihr Gepäck fallen. »Ich fasse es nicht! Willst du etwa zu Fuß nach Venedig? Ohne mich!«

»Uns nimmt schon einer mit!«

»Ich darf nicht trampen! Meine Eltern sind total dagegen.«

»Meine auch. Aber wir stoppen ja nur Familien mit Kindern und Hund.«

Beklommen starrte Amanda in die Dunkelheit. »Siehst du hier etwa welche?«

»Natürlich müssen wir bis Sonnenaufgang warten. Bis dahin machen wir es uns gemütlich. Hast du nicht gesehen, was für schöne Wiesen an der Autobahnauffahrt liegen?« Entschlossen begann Isy bergauf zu stiefeln. Hart und schwer schlug der blaue Koffer gegen ihre Knie.

»Agnes Wildfänger wird der Schlag treffen!«, seufzte Amanda.

»Ich hab ihr einen Zettel unter der Tür durchgeschoben. Glaub mir, mit uns würde sie womöglich noch im Knast landen.«

»Im Knast? Du übertreibst!«, argwöhnte Amanda. »Wer wird denn immer gleich an Katastrophen denken?«

»Ich weiß, was ich weiß. Ich kann nur nicht darüber reden.«

Eine Weile zottelten sie stumm durch den schlafenden Ort. Hier und da bellte ein Hund. Von der nahen Autobahn drang das monotone Brummen vorbeirauschender Trucks zu ihnen. Endlich stieg Isy der würzige Kräuterduft der Wiesen in die Nase. Aufatmend warf sie den Koffer ins Gras und setzte sich daneben. Jetzt durfte es nur nicht regnen!

Irgendwo im Dunkel stolperte Amanda über eine Wurzel und rieb sich wütend das Knie. »Aua! Verdammt! Und schuld bist nur du! Was machen wir um Himmels willen hier um Mitternacht auf einem Acker? Bloß weil sich Isolde Schütze von einem Clio verfolgt fühlt?«

»Irrtum, weil du dich in Massimo verknallt hast!«

»Was hat denn das mit Massimo zu tun?«

»Mehr als du denkst!« Isy verschränkte die Arme unter dem Kopf und starrte in den Sternenhimmel. Sie war selbst viel zu verwirrt, um Amanda irgendetwas zu erklären. »Versuch einfach zu schlafen!«

»Hier? Mitten in der Kuhkacke?«, protestierte Amanda kurz, kuschelte sich ins Gras und war schon entschlummert.

An diesem Morgen weckte die Sonne alle zur gleichen Zeit: Sassi und Bini an der Ostsee, Henriette in der Provence, Rose im Bayerischen Wald, Lisa in Amsterdam, Sophie im Sauerland, Lola in London, Jennifer Niemann in Kiskörös,

Puszta, und die Katastrophenweiber der 7b in ihrem Sauerampferbett.

Als Isy die Augen aufschlug, schwebte über ihr das breite rosige Maul eines Galloway-Rinds. »He!«, rief sie verdutzt. »Vergiss nicht, dass du Vegetarierin bist!«

Die Kuh lächelte feucht. Dann trabte sie weiter.

»Mit wem sprichst du?« Amanda krabbelte mühsam auf die Beine. »Au, tut mir der Rücken weh!«

»Mir auch. Eine Wiese ist kein Wasserbett! Denk positiv!«

»Ich hab Hunger.«

»Ich auch. Hast du noch Chips?«

Missmutig durchwühlte Amanda ihren Rucksack und zog eine halbe

Tüte Paprikachips, sechs lose Smarties, zwei zerdrückte Müsliriegel und ein Päckchen Kaugummi hervor. Schweigend machten sie sich über ihre Schätze her. Dann wechselten sie ihre Tops, packten ihre Sachen zusammen, schlenderten zur Autobahnauffahrt und hoben freundlich lächelnd die Daumen.

Schon der vierte Wagen hielt. Seine Insassen, ein junges dänisches Paar mit Baby und einem schier unendlichen Vorrat an Tuc-Keksen, wollten nach Tarvisio.

Tarvisio war Venedig schon ein ganzes Stück näher. Begeistert stiegen die beiden Freundinnen ein.

Amanda, die schon in Kopenhagen gewesen war, quasselte pausen-

los, während Isy still in ihrer Ecke
saß. Sie dachte an Agnes Wildfänger. Was mochte die heute Morgen
beim Lesen ihrer Nachricht gedacht haben? Isy wusste es nicht.
Sie wusste nur, dass sie die Frau auf
keinen Fall in die Sache mit hineinziehen durften. Nicht einmal erklären hätte sie ihr können, wie das
Zeug in den blauen Koffer gekommen war! Sie hatte ja selbst keine
Ahnung!

War es eine Verwechselung gewesen? Oder hatte jemand Signore
Georgio reinlegen wollen? Auf keinen Fall hätte ihnen der Padrone
den Koffer anvertraut, wenn er den
Inhalt gekannt hätte! Da war Isy sicher.

Andererseits, woher wusste der Mann im Clio Bescheid? Was ging da ab? Benutzte die Mafia diese ahnungslose italienische Familie vielleicht für ihre Zwecke? Oder war Massimo auf sogenannte »gute Freunde« reingefallen?, überlegte Isy. Ihre Rechnung war jedenfalls aufgegangen. Der Kerl klebte bestimmt noch immer wie Kleister am Kofferraum der Kriminalrätin! Den waren sie los! Jetzt musste sie nur noch Massimos Koffer verschwinden lassen. Aber wie?

Am besten würde es sein, sie vergruben das Ding irgendwo abseits der Autobahn. Sie konnte es auch in der nächsten Raststätte einfach »vergessen« oder in einem italienischen Dorfteich versenken. Was aber würde Amanda sagen, wenn sie sich Massimos Koffers entledigten?

»Was grübelst du?«, fragte die in diesem Moment und deutete aus dem Fenster. »Schau dir lieber diese Riesen an!«

Amanda hatte recht. Ehrfürchtig bestaunte Isy die grandiose Bergwelt der Alpen. Doch schon bald kehrten ihre Gedanken zu dem verflixten Koffer zurück. Sie wusste nicht, wie sie sich entscheiden sollte, und als sie die italienische Grenze passiert und bald darauf Tarvisio erreicht hatten, wusste sie es immer noch nicht.

Das nächste Auto, das sie mitnahm, war ein Kleinbus aus Venzone, der sich auf dem Heimweg befand. Von der Großfamilie mit Tomaten, Panini, reifen Äpfeln und italienischen Wortschwallen überschüttet, verließen sie ihn dankbar in Udine. Von hier konnten sie mit ein wenig Glück in ein paar Stunden in Venedig sein.

Aber das Glück ließ sich Zeit. Kein Auto hielt mehr an. Stunde um Stunde verstrich und nichts geschah. Zusammen mit einem Häuflein anderer Tramper starrten sie enttäuscht in den blasser werdenden Himmel. Nur zwei Studentinnen, die nach Triest wollten, sicherten sich schließlich den Rücksitz eines schwarzen, kroatischen Rovers.

Seufzend winkten die beiden Freundinnen Wanda und Jelina nach. Sollten sie hier etwa bis Pflaumpfingsten – wie man in Berlin sagte, wenn man die Ewigkeit meinte – ausharren?

»Noch eine Nacht auf der Wiese mache ich nicht mit!«, drohte Amanda, deren Hoffnung auf ein Abendessen mit Massimo in Venedig proportional zum Sinken der Sonne schwand. »So ein Mist! Mit der Kriminalrätin wären wir bestimmt schon da!«

Isy schwieg.

»Wenn du mir wenigstens erklären könntest, warum wir sie wie einen alten Koffer im Hotel zurücklassen mussten?«, bohrte Aman-

55

da weiter. »Immerhin ist sie meine Nachbarin. Was denkst du denn, was das für einen Eindruck machen würde?«

»Ich … kann nicht. Frag Signore Georgio oder deinen Massimo!«

»Was haben die denn damit zu tun?«

»Ihr verdammter Koffer ist an allem schuld, wenn du es genau wissen willst!«

»Findest du es nicht unfair, Abwesende zu beschuldigen?«

»Ich beschuldige niemanden, aber ich weiß, was drin ist!«

»Und was ist drin?«

»Etwas, für das sich bestimmt die Polizei interessieren würde!«

»Du spinnst!« Bevor Isy es verhindern konnte, stürzte sich Amanda auf den blauen Koffer und rüttelte an den Schlössern, doch sie schnappten nicht auf. »Hast du den Schlüssel?«

»Gibt keinen Schlüssel.«

»Und wie willst du dann wissen, was drin ist?«

»Der Nachtportier im Hotel hat ihn für mich geöffnet.«

»Echt? Aber wieso ist er jetzt wieder verschlossen?«

»Er ist nicht verschlossen! Du stellst dich nur blöd an.« Energisch schob Isy die Freundin beiseite und probierte es selbst. Etwas klemmte. Was war los? Einige Tramper sahen schon neugierig zu ihnen herüber. Verwirrt strich Isy über die sich hartnäckig sperrenden Schlösser und begriff bereits, bevor sie das gelbe Klebeband mit dem Schlüssel auf seiner Rückseite überhaupt entdeckte, dass dieser blaue Koffer hier ... gar nicht ihr Koffer war!

»Das ist nicht Massimos Koffer! Definitiv!«

Amanda mutierte zur Salzsäule. »Waaas?«

»Er ist verschlossen! Außerdem klebt ein Schlüssel an ihm.«

»Was soll das heißen? Wo ist denn unserer? Etwa geklaut?«

»Vielleicht ... vertauscht.«

»Vertauscht? Von wem denn?«

»Die Polinnen!«, platzte Isy heraus. Ihr Herz klopfte wild. »Von wem denn sonst?« Waren die Mädchen nicht mit einem Riesenhaufen Gepäck in den Rover geklettert? Isy riss den Schlüssel von der Rückseite des fremden Koffers und ließ die Schlösser aufschnappen. T-Shirts, Tops und Bikinis quollen ihr entgegen.

»Wir müssen was unternehmen!«, schrie Amanda.

»Was denn? Der Rover ist doch längst über alle Berge!«

»Aber was sollen wir Massimo sagen?«

»Frag mich doch nach Sonnenschein!«, flüsterte Isy bestürzt. Was würde das für Konsequenzen haben? Wenn sie die Mafia an den Hals kriegten, konnten sie nur noch ihre Namen wechseln und umziehen!

Aber wer würde denn gleich das Schlimmste denken! Wenn die Mafia in Form des grauen Clio jemals hinter ihnen her gewesen war, so hatte sie seit ihrer Flucht aus dem Alpenhotel sowieso ihre Spur verloren.

Isy versuchte tief durchzuatmen und ihren Puls unter Kontrolle zu bekommen. Vielleicht war es sogar die beste Lösung, wenn der Koffer weg war? Hatte sie sich das nicht gewünscht? Wollte sie ihn nicht eben noch verschwinden lassen? Nun brauchte sie sich weder für Amanda noch für Massimo eine Ausrede auszudenken. Einfach genial! Ein Stein fiel ihr vom Herzen. Vielleicht passte ihr und Amanda sogar einiges von den scharfen Klamotten?

Ein heftiges Schluchzen schreckte sie auf.

Die Freundin kauerte verzweifelt im Gras. »Und wenn seine Lieblingsjeans drin war?«

»Sie war nicht drin.«

»Stimmt. Du hast ja geschnüffelt.« Amanda schnäuzte sich trompetenartig. »Und was war nun wirklich Mysteriöses drin?«

Im Grunde konnte sie es Amanda jetzt sagen, dachte Isy. Oder sollte sie die Sache lieber auf sich beruhen lassen? Immerhin war Amanda in Massimo verliebt und

Signore Georgio war Massimos
Onkel. Ein Hauch von einem Verdacht würde womöglich bleiben
und sich wie Mehltau auf die Liebe
legen …

Doch bevor ihr eine glaubwürdi-
ge Ausrede eingefallen war, sprang
Amanda wie von der Tarantel ge-
stochen auf. »Rai!«, brüllte sie und
zeigte auf einen Übertragungs-
wagen, der eben auf den Parkplatz
rollte. »Rai Uno! Das italienische
Fernsehen! Vielleicht können die
uns helfen?«

Und ehe Isy sie daran hindern
konnte, spurtete sie los.

War Amanda denn von allen
guten Geistern verlassen? Wollte
sie etwa die Aufmerksamkeit der

Öffentlichkeit auf den verflixten blauen Koffer lenken? Einen Augenblick hoffte Isy, dass die Italiener Amanda gar nicht ernst nehmen würden, aber sie kehrte nach wenigen Minuten triumphierend mit einem Kamerateam im Schlepptau zurück.

»Scusi, das … ist ein Missverständnis! Wir vermissen überhaupt keinen Koffer!«, fiel Isy über die blonde Reporterin her, doch Amanda begann schon vor laufender Kamera ins Mikro zu schluchzen. Isy verstand nur »Massimo, ti amo!«.

Na toll, nun wusste wenigstens halb Italien, dass Amanda in Massimo verknallt war! Und Massimo wusste es auch.

Danach ergriff die Reporterin Luisa von Rai Uno das Wort und appellierte an die polnischen Studentinnen.

»Sie hat gesagt, es geht nicht nur um einen Koffer, es geht auch um die Liebe!«, übersetzte Amanda gerührt. Dann umarmte sie Luisa und sie wünschten einander viel Glück.

Eine Minute später rollte das Kamerateam wieder vom Parkplatz.

Amanda strahlte wie ein Zimtstern. »Na, war das der ultimative Einfall mit Rai oder nicht?«

»Eher nicht! Was hast du überhaupt gequasselt?«

»Dass Massimo sich keine Sorgen machen soll!«

»Es klang, als hättest du was von Liebe gebrüllt …«

Amanda errötete heftig. »Hab ich nicht!«

Statt zu antworten, setzte Isy ein Grinsen auf. Doch als sie sich umsah, verging es ihr schnell. Es würde nicht mehr lange dauern und die Dunkelheit würde hereinbrechen. Dann stünden sie mit einem fremden Koffer im Mondschein auf einem Autobahnparkplatz in Udine!

»Meinst du, uns nimmt noch einer mit?«, fragte Amanda kleinlaut.

Die Antwort nahm ihnen ein blau-weißes Polizeifahrzeug ab. Es bremste mit quietschenden Reifen vor ihren Füßen und sein Fahrer rief »Salire!«, was Amanda mit »Einsteigen!« übersetzte.

Es gab keine Fluchtmöglichkeit.

Gelähmt vor Angst fuhr Isy neben Amanda auf die Präfektur von Udine zu Commissario Tacchino, was auf Deutsch »Truthahn« hieß, wie er ihnen verriet.

»Parlate italiano?«, fragte er hoffnungsvoll.

»Un po'«, murmelte Amanda. »Ein wenig.«

»Grazie«, dankte der Commissario liebenswürdig. Er hatte Rai Uno gesehen. Dann nahm er das vertauschte Gepäckstück in seine Obhut, telefonierte mit der Präfektur in Triest und fertigte ein Protokoll von Massimos Koffer an. »Farbe?«

»Blau.«

»Inhalt?«

Amanda schaute zu Isy.

Die zuckte die Schultern. Jetzt bloß cool bleiben! Wussten die etwas oder war das Routine? »Wir haben nicht reingeguckt.«

»Nicht bekannt«, schrieb der Kommissar und bestellte Pizza.

Hungrig griffen Isy und Amanda zu. Es war viel würzige Salami darauf.

»Es …«, der Commissario suchte nach Worten, »… ist gleich finster. Welches Hotel habt ihr gedacht?«

»Keins. Wir haben kein Geld«, flüsterten sie im Chor.

Der »Truthahn« warf seinem Kollegen einen Blick zu. Dann wies er auf sie beide und rief: »Arresto! Cella tre!«

»Er lässt uns einsperren!«, wisperte Amanda kreidebleich.

»Das verdanken wir deiner blöden Idee mit Rai Uno!«

Brodelnd vor Wut marschierte Isy hinter Amanda in Zelle drei. Nicht zu fassen! Jetzt waren sie tatsächlich im Knast gelandet!

Oder hatte der Commissario gescherzt?

Es sah ganz so aus. Schmunzelnd verteilte er Decken und Kissen. »Ist nicht komfortabel wie Hilton, aber kostet dafür nix! Schlaft süß!«

Süß in einer Zelle schlafen? Ha,

der hatte vielleicht Humor!, dachte Isy, als sie sich auf der Matratze ausstreckte. Doch eigentlich war sie mit ihrer Situation ganz zufrieden. Den gefährlichen Koffer waren sie jedenfalls los, vermutlich für immer. Eher glaubte sie an den Weihnachtsmann als daran, dass die Studentinnen die Rai-Uno-Sendung gesehen hatten. Wer weiß, ob die überhaupt einen Fernseher hatten!

»Warst du schon mal im Hilton?«, fragte sie Amanda, aber von der Etage über ihr kam keine Antwort mehr. Amanda war bereits ins Reich der Träume entwischt.

Da blieb auch Isy nichts anderes übrig, als sich in ihre Decke zu kuscheln. Buona notte, Italia!

Am Morgen weckte Isy und Amanda der Duft von Latte Macchiato. Verwundert stellten sie fest, dass sie ihre erste Nacht im Knast ganz ausgezeichnet geschlafen hatten.

»Ich hab gerade von Massimo geträumt!«, gestand Amanda selig, die offensichtlich von nichts anderem mehr träumen konnte.

»Von seinem fettigen Haar oder von seinen Pickeln?«

»Ich glaube, du bist auch in ihn verliebt! Deshalb machst du ihn mir so madig!«, schmollte Amanda.

»In den verknallt? Danke, ich hatte schon die Grippe!«

»Wart's nur ab, wenn's dich mal erwischt!«

»Das passiert mir nie!«

Frisch geduscht und gestylt erschienen sie kurz darauf im Büro des Commissario, der ihnen großzügig Kaffee und knusprig zarte, gebutterte Croissants anbot.

»Mille grazie, Signore Commissario!«, flötete Amanda mit vollem Munde. »Ihr Hotel ist besser als das Hilton!«

»Wir sollten bei Ihnen verlängern!«, grinste Isy.

»Nicht nötig, Signorine!« Auch Commissario Tacchino strahlte. Sein Finger deutete nach rechts. Die Köpfe der beiden Freundinnen flogen herum. An der Wand stand ein Koffer. Er war blau.

»Das Fernsehen hat geholfen! Vertauschte Koffer alle zurück!«

Was? Ihr Koffer war wieder da? Isy erstarrte vor Schreck. Die polnischen Studentinnen hatten also doch Rai Uno gesehen! »Das ... das ist nicht Massimos Koffer!«

»Wie bitte?«, fragte Amanda empört »Du hast ihn doch die ganze Zeit geschleppt! Das ist er! Hundertpro!«

»Massimos Koffer ist ... größer!«, keuchte Isy.

»Spinnst du? Keinen Zentimeter!« Amanda stand auf und begann an den Metallschlössern herumzufummeln.

»Lass ihn gefälligst zu!«, schrie Isy aufgebracht.

»Ich werde ihn inspizieren!«, entschied der Kommissar und wuchtete Massimos Koffer auf seinen Schreibtisch. Und während Amanda neugierig den Hals reckte, stand Isy der kalte Schweiß auf der Stirn.

Es war aus! Gleich würde der Commissario es bereuen, so nett zu ihnen gewesen zu sein. Gleich würden sich kühle Handschellen um ihre und Amandas Handgelenke legen. In diesem Moment versagten ihre Knie. Mit einem leisen Seufzer glitt sie von ihrem Stuhl zu Boden. Das hatte sie einmal für eine Theateraufführung an der Schule üben müssen.

»Isy!«, rief Amanda und beugte sich über sie. »Was ist?«

Auch der Commissario kam gelaufen.

»Der Latte Macchiato!«, stöhnte Isy.

»Ich holen acqua!«, entschied der »Truthahn«.

Doch kaum war er Richtung Wasserleitung verschwunden, sprang Isy auch schon auf und packte den blauen Koffer. »Bloß weg hier, Amanda!«

Im Nu hatte sie Amanda zum Ausgang gezerrt und stürzte mit ihr ins Freie.

»Bist du verrückt? Wir haben uns ja noch nicht einmal bedankt!«

»Eine Nacht in der Zelle reicht, Amanda!«, keuchte Isy und rannte immer weiter. »Oder hast du Lust auf ein paar Jahre?«

Der verdammte Koffer! Einsam

stand er im verdorrten Grün der Autobahntankstelle von Udine und leuchtete in seinem unschuldigen Blau. Ein paar Schritte weiter hielt Amanda in ihrem schärfsten bauchfreien Top den rot-grün-weiß lackierten Daumennagel wie eine italienische Flagge in die Luft. Derweil saß Isy im Schatten. Sie hatte noch immer Seitenstechen.

Eine Sekunde später und dem Commissario wären die Augen aus dem Kopf gefallen! O Mann, war das knapp gewesen! In Isys spürbare Erleichterung über den glücklichen Ausgang der Geschichte schlich sich die Frage, was die Studentinnen wohl gesehen haben mochten? Hatten sie den blauen

Koffer geöffnet? Oder nicht? Eher nicht, entschied Isy. Sonst hätten sie jetzt ein Problem. Oder – die Idee durchzuckte Isy wie ein Blitz – hatten sie den kostbaren Inhalt vielleicht ganz cool vertauscht? Den Koffer einfach mit Tomaten, Gurken und Zucchini gefüllt?

Am liebsten hätte Isy sofort nachgesehen, aber sie wartete, bis Amanda zum Kiosk schlenderte. Dann lief sie zu dem Koffer und riss den Deckel auf. Von wegen Tomaten, Gurken und Zucchini! Der blaue Koffer war noch immer zum Platzen mit Plastiktüten gefüllt, in denen helles Pulver schimmerte.

Was sollte sie nur tun? Isy biss

sich auf die Lippen. Das Zeug gegen alle Vernunft zu Massimo tragen?

Amanda bezahlte gerade ihre Einkäufe.

Vielleicht sollte Isy doch lieber mit ihr reden?

Als Amanda vom Kiosk zurückkam, hatte sie sich entschieden. »Hör mal, ich möchte, dass du in den blauen Koffer guckst und dir selbst eine Meinung bildest«, sagte sie.

Einen Augenblick starrte die Freundin sie misstrauisch an. »Auf einmal?« Dann wandte sie sich entschlossen um und steuerte auf den blauen Koffer zu.

Sie hatte ihn jedoch noch nicht erreicht, als Isy plötzlich hinter ihr

hergerannt kam und sie zu Boden
riss. »Ducken!«

»Was ist?«, keuchte Amanda und
spuckte ein Büschel Gras aus. »Polizei?«

»Deine Nachbarin will tanken!«
Über die hohen Halme hinweg
musterte Isy aus zusammengeknif-
fenen Augen den goldfarbenen
Audi, der langsam an die Zapfsäule
rollte und die Berliner Nummer
von Agnes Wildfänger trug.

Das hatte ihnen gerade noch ge-
fehlt!

»Äh! Was will die denn hier?«

»Bin ich Hellseherin? Vielleicht
sucht sie uns? Einmal Kripo, immer
Kripo!« Wie hatte ich nur denken
können, dass Agnes Wildfänger so

schnell aufgeben würde?, dachte Isy beschämt und beobachtete die Kriminalrätin, bis sie bezahlt hatte und wieder in ihren Wagen stieg. »Okay, sie fährt weiter!«

Erleichtert rappelte sich Amanda auf, aber Isy zog sie erneut herunter.

Tatsächlich! Keine drei Minuten später schoss der graue Clio dem Audi hinterher. Sieh an! Die englische Mütze war noch immer am Ball. Aber am falschen!

Jetzt nichts wie weg!

Rasch holten sie ihr Gepäck und Amanda hob gerade wieder den lackierten Daumennagel, als ein klappriger Opel mit zwei verschärften Typen neben ihnen hielt.

»Hi, sprichst du deutsch?«, fragte Isy den Jungen, der ihnen die Tür öffnete.

Der strahlte. »Si, Ballack!«

Zum Glück konnten sie sich mit Lucca und Vic auf Englisch verständigen. Die beiden waren Birdwatcher und unterwegs nach Padua zu einem Treffen italienischer Vogelschützer. Gemeinsam mit den Carabinieri und der italienischen Forstpolizei wollten sie eine Kampagne gegen den traditionell im Herbst beginnenden grausamen Volkssport vorbereiten, der jährlich Tonnen von Rotkehlchen, Amseln und Nachtigallen in den Gefriertruhen italienischer Restaurants enden ließ.

»Das kapiere ich nicht! Wo Hühnchen doch so billig ist?«, empörte sich Amanda. Sie warf den Kopf in den Nacken, fuhr sich mit gespreizten Fingern durch ihr blondes Haar und lächelte wie Marilyn Monroe. Das war ihr Ding – flirten, dass die Funken flogen!

»Keine Angst, wir geben erst auf, wenn auch der Letzte von ihnen Vegetarier geworden ist!«, beruhigte sie Lucca.

Isy merkte verwundert, dass er ihr gefiel. Er schwärmte für Fußball wie ihr Bruder Benedikt, hatte helle Augen mit langen Wimpern und eine romantisch gewölbte Oberlippe, die ihm ein scheues Lächeln verlieh. Gerade war er in die neunte

Klasse versetzt worden. Sein Kumpel Vic war blondiert, machte Bodybuilding und im nächsten Frühjahr Abitur. Die Rostlaube von einem Opel gehörte seinem großen Bruder Ben.

Vic wollte wissen, was aus ihrem blauen Koffer geworden war.

»Woher …?«, staunte Amanda.

»Stell dir vor«, grinste Vic, »wir haben Fernsehen!«

»Wir wissen auch, dass du verliebt bist!«, ergänzte Lucca. »Ist dieser Massimo wirklich so toll?«

»Sì, sì!« Amanda nickte eifrig. Die Aufmerksamkeit der beiden Italiener tat ihr gut und als Vic Zigaretten anbot, griff sie als Einzige angeberisch zu.

»Und du? Hast du auch eine Lie-be?« Luccas romantische Oberlippe lächelte schüchtern.

Isy schüttelte heftig den Kopf. »Bloß nicht! Das ist mir zu stres-sig!« Sie hatte es sich in den durchgesessenen Polstern bequem gemacht und schaute aus dem Fenster. Nach den gewaltigen Berg-ketten der Alpen erschien ihr die Landschaft des Friaul flach wie ein Tisch. Schattige Olivenhaine, ausgetrocknete Flussbetten und fremde Dörfer flogen vorbei, an deren Rändern Zypressen in dunk-len Nadelgewändern standen, fei-erlich wie Trauernde um Gräber. Sie dachte an die Felder und Kie-fernwälder auf dem Darß, an die

Dünen aus feinem weißen Zuckersand. So hätte ihr Sommer sein sollen! Stattdessen fuhr sie mit einem Koffer voll gefährlicher Tüten, zwei fremden Vogelschützern und einer total verknallten Amanda durch bella Italia!

O nee, was machte man nicht alles aus Freundschaft!

»An was denkst du?« Lucca hatte sich ihr zugewandt.

»Isolde? Die denkt nur an die Bombe in Massimos Koffer!«, antwortete Amanda für die Freundin.

»Und was ist wirklich drin?«

Amanda kicherte. »Seine Sachen natürlich. Aber Isy findet nun einmal alles mysteriös. Zufällig findet sie die Maske, die den Täter eines

Postraubs überführt. Oder du gehst mit ihr in den Zoo und nachher hast du einen fremden Affen in der Tasche! Oder du jobbst als Ferienengel und plötzlich steckst du mitten in einem Fall von Kidnapping! Warum nennen sie uns in der Klasse wohl die Katastrophenweiber?«

»Da haben deine Freundin und ich was gemeinsam.« Lucca zwinkerte Isy zu. »Ich bin süchtig nach Geheimnissen! Was ist denn in dem Koffer … nun wirklich drin?«

»Vierzig Tüten Rauschgift«, gestand Isy. »Mindestens!«

»Ich habe nichts anderes erwartet«, gab Lucca zu.

Alle lachten und Amanda begann Chips mit Paprikageschmack

zu verteilen, die sie in der Raststätte gekauft hatte.

Man muss nur die Wahrheit sagen, stellte Isy wieder einmal fest, dann glaubt einem kein Mensch!

Die nächste halbe Stunde prahlte Amanda von Berlin und als sie Lucca und Vic gerade für den nächsten Sommer einlud, näherte sich ein Polizeiauto in rasender Geschwindigkeit.

Jetzt haben sie uns, durchfuhr es Isy mit eisigem Schreck. Der Commissario hat Verdacht geschöpft! Er lässt den Koffer überprüfen!

»Bleib locker!«, flüsterte Lucca. »Dieser Carabiniere hat sicher nur eine heiße Verabredung mit seiner Braut!«

Lucca hatte recht, der blau-weiße Wagen schoss an ihnen vorbei.

Er spürt meine Nervosität, dachte Isy. Du lieber Himmel, sie musste sich echt zusammenreißen! Aber wie sollte sie das tun, da ihr doch klar war, was diese Tütchen anderen Menschen an Leid und Tod bringen würden? Vielleicht sogar Schülern wie Vic, Amanda, Lucca und ihr? Isy atmete schwer. Zum ersten Mal bereute sie es heftig, die Kriminalrätin nicht ins Vertrauen gezogen zu haben. Die hätte bestimmt einen Ausweg gewusst!

Eine schmale, warme Hand umschloss plötzlich die ihre. Lucca. Es tat gut. Es war tröstlich. Es machte Mut.

Langsam beruhigte sie sich. Vielleicht würde ja doch alles gut werden?

Wenig später fuhren sie über die lange Brücke, die Venedig mit dem Festland verband. Auf dem letzten Parkplatz stiegen sie aus. Von hier brachten Boote und Wasserbusse, Vaporetti genannt, die Touristen aus aller Welt über die Kanäle in die autofreie Lagunenstadt.

Isy und Amanda umarmen sich. Sie waren in Venedig! Sie hatten es geschafft! Eilig tauschten sie Adressen und Handynummern, dann fiel Amanda Vic um den Hals und Isy spürte für einen Moment Luccas romantische Oberlippe an ihrem rechten Mundwinkel. »Ciao!«

Ein wenig wehmütig sahen sie

dem Opel nach, der mit den beiden Birdwatchers Richtung Padua davonbrauste.

»Was für süße Jungs!«, seufzte Amanda.

Isy aber stand noch immer wie vom Donner gerührt da. Sie hatte die Liebe gesehen. In Luccas Augen! Ein seltsam schwebendes Gefühl hatte sie erfasst und es gab keinen Zweifel, dass dies die italienische Krankheit war. Hatte sie nicht noch heute Morgen über Amanda gelästert? Hatte sie nicht geschworen, dass ihr so etwas nie passieren würde? Nun hatte es auch sie erwischt! Vollkommen verwirrt strich sie sich eine widerspenstige Locke aus der Stirn.

Was wohl mochte Lucca mit seinen Abschiedsworten nur gemeint haben? »Vertrau dem Meer! Es schweigt schon seit Millionen Jahren.«

Ratlos starrte Isy auf das glitzernde Wasser und auf einmal fiel es ihr wie Schuppen von den Augen. Rasch packte sie Massimos Koffer und folgte Amanda auf das wartende Boot. Sie wusste jetzt, was zu tun war!

Die alten Venezianer nannten sie Serenissima, die Durchlauchtigste. Was für ein stolzer Name für die meerumspülte Stadt, die von Anbeginn magischer Anziehungspunkt für allerlei Handelsvolk aus dem Orient, ein strategisch günstiger Stützpunkt als Seemacht und sogar einmal eine eigene Republik gewesen war, dachte Isy.

Der Motor des Bootes tuckerte, die cremeweiß aufschäumende Gischt erinnerte an Signore Georgios köstliches Vanilleeis und die Kanäle, die mit bunt getünchten Häusern und stuckverzierten Palästen gesäumt waren, öffneten sich einladend wie Gassen. Erstaunlich, wie vertraut ihr das war. Aber hatte sie nicht jeden verfilmten Krimi von Donna Leon begeistert im Fernsehen gesehen? Und nun war alles genau so, wie sie es sich vorgestellt hatte. Über Venedig lag ein brüchiger, romantischer Zauber, auch wenn Isy jetzt keine Mattscheibe mehr davon trennte.

Das Motorboot legte an der ersten Station an, Touristen verließen es erwartungsvoll mit Stadtplänen in der Hand und neue Fahrgäste stiegen ein.

In weniger als einer Viertelstunde würden Amanda und sie Massimo an der Rialto-Brücke treffen. Das hatte er mit Amanda unterwegs per SMS verabredet. Bis dahin aber musste das Problem »Koffer« gelöst sein!

Unauffällig sah Isy sich um. Amanda saß noch immer in der Kabine und legte zentnerschwere Schichten Make-up auf. Schließlich würde sie gleich ihren Traummann wiedersehen!

Wind zauste Isys Haare. Rasch hob sie den blauen Koffer auf den leeren Sitz neben sich und schob ihn nah an die Bordwand heran. Wenn sie das Boot verlassen würden, würde in dem Gedränge ein Schubs genügen, ihn hinunterplumpsen und mit ihm all ihre Sorgen in den Wassern des berühmten Kanals versinken zu lassen. Er wäre bestimmt nicht der erste Koffer, der in den Canale Grande fiel. Alles würde geschehen, wie Lucca ihr geraten hatte.

Lucca!

Isys Herz machte einen Hopser. Würde er Wort halten? Würde er sich wirklich bei ihr melden? Und konnte es sein, dass sie ihn jetzt schon vermisste? Oh, wie sie plötzlich Amanda verstand! Wie hochmütig sie sich der Freundin gegenüber benommen hatte.

Die war inzwischen als unbekannter, aber dennoch glamouröser Popstar aus der Kabine zurückgekehrt und hatte ihr den Arm um die Schultern gelegt. »Na, ist das ein Traum?«, flüsterte sie.

Überwältigt von der anmutigen Schönheit der Stadt glitten sie zwischen den bekannten Gondeln mit Touristen und solchen mit Bergen von Zucchini, Zeitungen und einem Sonderangebot roter Haustüren den Canale Grande hinab. In

Venedig wurde schon immer alles auf dem Wasserweg befördert. Auch die Hochzeitspaare, die Täuflinge und die Toten.

Endlich kam die berühmte Brücke in Sicht.

»Aussteigen!«, rief Amanda und kämpfte sich durch die Menge.

Auch Isy sprang auf. Der Moment war gekommen! »Ade, du Biest!«, murmelte sie grimmig und versetzte dem blauen Gegenstand ihrer Sorgen zum Abschied einen gnadenlosen Stoß.

Wie geplant, kippte er mit einem leisen Klatschen hilflos ins Wasser. Bauchlandung! Isy kicherte. Einen Augenblick betrachtete sie sein verzweifeltes Schwimmen auf dem schwarzen Wasser. Ha, der konnte keinem mehr gefährlich werden!

Erleichtert kehrte sie dem Ertrinkenden den Rücken und strebte dem Ausgang zu, als plötzlich eine nasse Hand ihre Schulter berührte. »Signorina!«

Alle Leute drehten sich nach ihr um. Ein alter Mann mit hellen Fältchen um die Augen hielt ihr strahlend einen alten, treuen Bekannten hin. Es war ihm nichts passiert. Er war sogar noch trockener als sein Retter.

Das durfte doch nicht wahr sein! Mit finsterer Miene nahm Isy Massimos Koffer zurück. Falls der fremde Gentleman einen Freudenausbruch von ihr erwartet hatte, war er auf dem falschen Dampfer!

»Wie konnte das passieren?«, zischte Amanda an ihrem Ohr.

»Woher soll ich das wissen?«, log Isy. »Jemand hat mich gestoßen.«

»Gib bloß her, bevor noch mehr passiert!« Aufgebracht schnappte sich Amanda den Koffer und stürzte mit ihm von Bord.

Auch Isy verließ das Schiff. Sie betrat zum ersten Mal venezianischen Boden. Ihre Gefühle quirlten dabei so durcheinander wie das Sprachgewirr um sie herum. Wie froh sie war, in der schönsten Stadt der Welt zu sein! Und wie enttäuscht darüber, dass eine fremde Männerhand Schicksal gespielt hatte!

Unschlüssig blinzelte sie in die Sonne. Die hing wie ein poliertes Zehncentstück über der Lagunenstadt, während Amanda selig an Massimos Hals und über Isy drohend wie eine Gewitterwolke die Sorge um den Koffer criminale hing.

»Wo bleibst du?«, schrie Amanda und fuchtelte mit den Armen.

Auch Massimo winkte. Auf seiner Stirn sprossen neue Pickel. »Grazie, Isy! Und super, dass es geklappt hat!«, lobte er sie und deutete auf den blauen Koffer. »Aber, prego, kein Wort zu Mamma! Sonst sie werfen meine Vater und mich raus!«

»Das möchte ich meinen!«, hörte sich Isy antworten. Ihre Stimme klang wie gefroren. »Sag mal, willst du nicht prüfen … äh … ob auch alles drin ist?«

»Was? Hier mitten auf Straße?«

»Warum nicht, wenn's kein Geheimnis ist?«, erwiderte Isy sarkastisch.

»Es ist ein Geheimnis!« Zögernd öffnete Massimo den Deckel.

Amanda fielen fast die Augen aus dem Kopf! »Boah! Wenn das kein Vergehen in Italien ist! Nimmt dein Onkel das auch?«

Massimo nickte. »Klar, wir alle! Bloß Mamma weiß nichts davon! Instant-Polenta geht doch viel schneller in Küche als klassische Art mit lange Kochen, aber Mamma nie würde Gästen eine Polenta aus Tüte servieren. Da helfen nur Tricks!«

Isy schnappte entgeistert nach Luft. Wie krass! Sie und Amanda hatten Maisgrieß nach Venedig geschleppt!

Venedig roch anders als Berlin. Ein salziger, ein wenig sumpfiger Duft von Meer und Kanälen nis-tete in seinen alten Mauern. Die beiden Freundinnen folgten Massimo über steinerne Brücken, schlüpften durch enge Gassen und winzige Höfe, an Schaufenstern voll Pasta und dunkelroten Schinken, duftenden Kaffeebars und verzückt fotografierenden Touristen vorbei.

Ach, diese Erleichterung! Isy hätte die Welt umarmen mögen. Ein Koffer voll Polenta! Und was hatte sie sich für einen Kopf um Amanda gemacht!

Apropos Amanda, die schwebte im Glück!

Amanda schwebte im Glück, bis ihnen Massimo seine Familie vorstellte. Seine Mamma, seinen Vater und die hübsche Kellnerin Lucia aus Palermo. Sie war der Grund seiner übereilten Abreise gewesen. Von wegen Probleme in Familie! Das konnte er seinem Onkel erzählen! Eifersucht, gichtige, grüne Eifersucht war schuld gewesen!

»Ich total verknallt!«, gab er verlegen zu.

Wie lautlos Bomben einschlagen können!, staunte Isy.

Es dauerte, bis sie einen Seitenblick zu Amanda wagte. Die gab sich heldenhaft cool. Bleich wie Mozzarella steckte sie die Niederlage ein. Keinem fiel auf, dass sie am Mittagstisch ihre Minestrone mit ihren Tränen salzte. Nur ein kleiner, trauriger Zug um den Mund hätte verraten können, dass Amanda an diesem Tag ein wenig erwachsener geworden war. Nachdem sie ihr Dachzimmer bezogen hatten, bummelten Isy und Amanda über die Piazza San Marco. Isy fotografierte die prunkvolle Kulisse für die Lieben daheim. Ab und zu drückte sie Amandas Hand.

Jetzt erst erlaubte sich die Freundin, dem Kummer seinen Lauf zu lassen. »Stell dir vor, sie ist achtzehn! Er liebt alte Weiber!«, schluchzte sie.

»Er hat dich gar nicht verdient!«, beteuerte Isy.

»Aber er ist sooooo süß!«

»Auf dich warten noch tausend andere Süße!«

»Mir würden schon neunhundertneunundneunzig reichen!«

»Gönnen wir uns ein Eis?«

»Hier? Auf dem Markusplatz? Zu teuer!«

»Betrachtet euch als eingeladen!«, sagte plötzlich eine vertraute Stimme.

Erschrocken fuhren sie herum.

Die Kriminalrätin saß an einem runden Kaffeehaustisch.

»Haben Sie etwa auf uns gewartet?«, entfuhr es Isy ungläubig.

Agnes Wildfänger nickte. »Hier kommt jeder mal vorbei. Habt ihr nichts zu beichten?«

Das hatten sie in der Tat, aber erst bestellte die Kriminalrätin ihnen ein Eis.

Da entdeckte Isy hinter einer Marmorsäule einen Schatten. »Wir werden verfolgt!«, raunte sie der Kriminalrätin zu. »Seit Berlin. Er steht hinter der Säule!«

»Das haben wir gleich!«, murmelte Amandas Nachbarin. Dann erhob sie sich und schlenderte scheinbar absichtslos an den anderen Tischen vorbei. Auf der Höhe der Marmorsäule zerrte sie unversehens einen stämmigen Mann hervor. »Leo?!«, rief sie erstaunt. »Was machst du denn hier?«

Auch Isy und Amanda starrten fassungslos auf Leo Buschklopfer. Der Hauptkommissar ließ sich erschöpft auf einen Stuhl fallen.

»Spionierst du mir nach?«, entrüstete sich die Kriminalrätin.

»Er ist der Mann aus dem Clio!«, klärte Isy sie auf.

»Aber du hast doch gar keinen grauen Clio? Und was ist das für ein komischer Hut?«

»Alles Tarnung!«, gab der Hauptkommissar zu und nahm Agnes Wildfängers Hand. »Du hast dich

105

noch nicht zu meinem Heiratsantrag geäußert«, sagte er sanft. »Und du hast mir auch immer noch nicht verraten, mit wem du nach Venedig fährst.«

»Bist du etwa eifersüchtig?«, fragte Agnes Wildfänger erstaunt.

»Ja«, sagte Leo Buschklopfer schlicht und wurde rot.

»Du dummer, dummer Polizist!«, schnurrte die Kriminalrätin.

Isy stieß Amanda an. »Los, komm, wir stören!«

»Aber unser Eis!«, protestierte die.

Isy zog sie einfach mit.

»Vergesst bitte nicht, übermorgen geht's ab nach Hause!«, rief ihnen die Kriminalrätin nach.

»Wohin?«, fragte Isy, als sie ein Stück gegangen waren.

»Am besten zur Seufzerbrücke!«, schlug Amanda vor.

Das passte.

Doch als sie auf der berühmten Brücke standen, hatte sie eine Idee. »Wenn ich mir's genau überlege, ist dieser Vogelschützer, Lucca, doch sehr viel hübscher als der pickelige Massimo. Er hat so eine romantische Oberlippe!« Fordernd streckte sie die Hand aus. »Du hast doch seine Handynummer!«

Verblüfft umklammerten Isys Finger den kostbaren Zettel mit Luccas Adresse in ihren Jeans. Wie? Was? Die wollte ihren Lucca? Das konnte Amanda so passen!

»Oh, sorry, seine Nummer schwimmt sicher schon im Golf von Venedig!«, log sie mit ihrer unschuldigsten Unschuldsmiene. »Stell dir vor, die ist mit dem blauen Koffer … äh, einfach hineingeplumpst. So ein Pech aber auch!«

Bei aller Liebe, hier ging es schließlich um die Liebe!

Fiedler, Christamaria:
Ferien criminale
ISBN 978 3 522 50073 9

Reihen- und Einbandgestaltung:
Birgit Schössow
Schrift: Meridien
Satz: KCS GmbH, Buchholz/Hamburg
Reproduktion: Medienfabrik, Stuttgart
Druck und Bindung:
Friedrich Pustet, Regensburg
Erstveröffentlichung in der Anthologie
»Sommer, Sonne, erste Liebe« 2006
© 2009 by Thienemann Verlag
(Thienemann Verlag GmbH), Stuttgart/Wien
Printed in Germany. Alle Rechte vorbehalten.
5 4 3 2 1°   09 10 11 12

www.thienemann.de
www.frechemaedchen.de

Freche Mädchen – freche Bücher!

Christamaria Fiedler

Risotto criminale
192 Seiten · ISBN 978 3 522 16965 3

Kürbis criminale
272 Seiten · ISBN 978 3 522 17250 9

Freche Mädchen – freches Englisch!

Risotto Crime
208 Seiten · ISBN 978 3 522 17818 1

Pumpkin Crime
288 Seiten · ISBN 978 3 522 18114 3

www.thienemann.de
www.frechemaedchen.de

Freche Mädchen – freche Bücher!

Christamaria Fiedler

Spaghetti criminale
208 Seiten · ISBN 978 3 522 17323 0

Popcorn criminale
256 Seiten · ISBN 978 3 522 17635 4

Sushi criminale
288 Seiten · ISBN 978 3 522 17714 6

Ketchup criminale
224 Seiten · ISBN 978 3 522 17864 8

Freche Mädchen – freches Englisch!

Spaghetti Crime
208 Seiten · ISBN 978 3 522 17716 0

www.thienemann.de
www.frechemaedchen.de